A ciência que nos rodeia

contos sobre ciência
e tecnologia para jovens curiosos

Editora Appris Ltda.
1.ª Edição - Copyright© 2021 dos autores
Direitos de Edição Reservados à Editora Appris Ltda.

Nenhuma parte desta obra poderá ser utilizada indevidamente, sem estar de acordo com a Lei nº 9.610/98. Se incorreções forem encontradas, serão de exclusiva responsabilidade de seus organizadores. Foi realizado o Depósito Legal na Fundação Biblioteca Nacional, de acordo com as Leis nos 10.994, de 14/12/2004, e 12.192, de 14/01/2010.

Catalogação na Fonte
Elaborado por: Josefina A. S. Guedes
Bibliotecária CRB 9/870

A159c
2021
    Abrahamsohn, Ises de Almeida
      A ciência que nos rodeia : contos sobre ciência e tecnologia para jovens curiosos / Ises de Almeida Abrahamsohn.
    - 1. ed. - Curitiba : Appris, 2021.
    77 p. ; 21 cm. – (Coleção Geral)

    Inclui bibliografia.
    ISBN 978-65-250-1654-2

    1. Contos brasileiros. 2. Ciência. 3. Medicina. 4. Tecnologia.
    I. Título. II. Série.

CDD – 869.3

Appris
editora

Editora e Livraria Appris Ltda.
Av. Manoel Ribas, 2265 – Mercês
Curitiba/PR – CEP: 80810-002
Tel. (41) 3156 - 4731
www.editoraappris.com.br

Printed in Brazil
Impresso no Brasil

Ises de Almeida Abrahamsohn

A ciência que nos rodeia

contos sobre ciência
e tecnologia para jovens curiosos

FICHA TÉCNICA

EDITORIAL	Augusto V. de A. Coelho
	Marli Caetano
	Sara C. de Andrade Coelho
COMITÊ EDITORIAL	Andréa Barbosa Gouveia (UFPR)
	Jacques de Lima Ferreira (UP)
	Marilda Aparecida Behrens (PUCPR)
	Ana El Achkar (UNIVERSO/RJ)
	Conrado Moreira Mendes (PUC-MG)
	Eliete Correia dos Santos (UEPB)
	Fabiano Santos (UERJ/IESP)
	Francinete Fernandes de Sousa (UEPB)
	Francisco Carlos Duarte (PUCPR)
	Francisco de Assis (Fiam-Faam, SP, Brasil)
	Juliana Reichert Assunção Tonelli (UEL)
	Maria Aparecida Barbosa (USP)
	Maria Helena Zamora (PUC-Rio)
	Maria Margarida de Andrade (Umack)
	Roque Ismael da Costa Güllich (UFFS)
	Toni Reis (UFPR)
	Valdomiro de Oliveira (UFPR)
	Valério Brusamolin (IFPR)
ASSESSORIA EDITORIAL	Manuella Marquetti
REVISÃO	Ana Paula Luccisano
PRODUÇÃO EDITORIAL	Bruna Holmen
DIAGRAMAÇÃO	Bruno Ferreira Nascimento
ILUSTRAÇÕES	Jessica Liaw Ng - São Paulo
CAPA	Sheila Alves
COMUNICAÇÃO	Carlos Eduardo Pereira
	Débora Nazário
	Karla Pipolo Olegário
LIVRARIAS E EVENTOS	Estevão Misael
GERÊNCIA DE FINANÇAS	Selma Maria Fernandes do Valle

Ao meu marido, Paulo, que sempre me incentivou.

APRESENTAÇÃO

Por que escrevi estes contos?

Porque precisamos estimular em todos, especialmente nos jovens, a curiosidade científica que se traduz no ato de perguntar, ler e investigar.

Tudo que nos cerca envolve ciência ou tecnologia, que é a aplicação do conhecimento científico.

O objetivo desta obra é aguçar a curiosidade científica por meio da leitura agradável de contos de ficção.

Cada conto aborda algum aspecto do conhecimento em um curto texto de ficção. Os assuntos são variados: medicina e biologia, ecologia, física, química e história. Ao final de cada conto, existem links ou indicações de textos de fácil acesso para aprofundar o conhecimento e/ou verificar sua aplicabilidade atual e futura.

Quem eu espero que leia este livro? A quem se dirige este livro?

Aos curiosos de todas as idades, particularmente aos jovens a partir do ensino fundamental II. Alguns contos são mais simples, outros mais complexos, porém em todos tive o cuidado de adequar a linguagem ao público leitor jovem. Espero também que professores se interessem em propor a leitura aos alunos e em aproveitar as várias possibilidades de abordagem interdisciplinar existentes nos contos.

A autora

SUMÁRIO

O salvador das mães de Viena.................................11

O enigma do manuscrito.................................15

O sumiço do gato Lino.................................21

Onde os objetos desaparecem.................................27

A garota que detestava brócolis.................................31

Apenas coxas de frango.................................37

Enfermeira biônica.................................43

Nas estradas de Tocantins.................................47

Outras dimensões.................................53

Perfumes irresistíveis.................................59

Negacionismo, Oswaldo Cruz
e a Revolta da Vacina de 1904.................................65

A poluição dos plásticos:
dá para controlar?.................................71

O salvador das mães de Viena

No século XIX, a cidade de Viena era uma das mais ricas e importantes da Europa. A capital do imenso império austro-húngaro era um centro para a cultura, para a música e para as artes. Você já deve ter ouvido valsas de Strauss: *Danúbio azul* é a mais famosa. Além do Strauss das valsas, outros compositores famosos, como Beethoven e Schubert, moravam na cidade naquela época.

Por outro lado, o conhecimento na área médica era muito escasso, especialmente na primeira metade do século XIX. A falta de higiene imperava e a medicina era precária para todos, ricos e pobres. Principalmente para os pobres, que formavam a grande maioria da população.

Anna estava grávida de oito meses e o bebê ia nascer no mês de maio de 1845. Era lavadeira e não tinha como pagar uma parteira para vir à sua miserável moradia em um cortiço. Tinha ouvido contar que as novas clínicas para mulheres na cidade acolhiam as futuras mães e, melhor ainda, cuidavam dos recém--nascidos nos primeiros dias. Uma amiga insistiu que ela devia tentar de toda maneira ser aceita na enfermaria do Dr. Ignaz. "Apenas na dele, não vá para as dos outros médicos" −, repetia cada vez que a encontrava.

Ao chegar à clínica, Anna viu que todas as mulheres queriam ter seus bebês na enfermaria do Dr. Ignaz. Lá, as mortes das mães após o parto eram muito raras, enquanto nas alas chefiadas pelos outros médicos obstetras a mortandade era assustadora. Anna teve sorte. Ao entrar no corredor das enfermarias do Dr. Ignaz Semmelweis, viu ao lado de cada porta uma bacia com água com cheiro forte. Reconheceu logo. Era água com cloro, do mesmo tipo que ela usava para alvejar os lençóis.

Quando Anna começou a ter contrações, vieram o professor Ignaz e os estudantes de Medicina para examiná-la. Deixar-se examinar pelos estudantes era obrigatório para as pessoas serem atendidas naquele hospital gratuito. Anna ouviu o jovem professor Ignaz perguntar aos alunos se haviam de fato lavado as mãos na solução de sabão e água sanitária. Era essencial, explicava, para eliminar das mãos as partículas que tivessem aderido quando os estudantes trabalhavam nas salas de autópsia. Essas partículas, segundo o médico, eram as causadoras da febre pós-parto nas mães. Essa infecção, chamada febre puerperal, era muito frequente nas mulheres depois do parto.

Os estudantes, incrédulos, obedeciam-lhe. Afinal, era o professor e médico-chefe. Ademais, os resultados eram evidentes. Antes do Dr. Ignaz Semmelweis ter instituído a lavagem das mãos, 15% das mães morriam. Depois, apenas uma a cada cem mulheres ficava doente. Anna se tranquilizou e, após quatro dias, saiu saudável da clínica com seu recém-nascido.

Como o Dr. Semmelweis teve a ideia de que a febre pós--parto era causada pelas mãos sujas de médicos e estudantes que contaminavam as pacientes?

Ele observou que na enfermaria onde as parteiras trabalhavam quase não havia febre pós-parto, enquanto nas outras em que circulavam professores e estudantes de Medicina a incidência era muito alta. A principal diferença era que as parteiras não frequentavam as salas de autópsia onde eram ensinados os efeitos das doenças. Os estudantes saíam de lá diretamente para as enfermarias sem lavar direito as mãos.

O Dr. Semmelweis ficou conhecido como "o salvador das mães". Infelizmente, o jovem médico não teve o reconhecimento que merecia. Na época, não se tinha a menor ideia de que microrganismos eram os causadores das doenças infecciosas. Poucos colegas aceitaram a sua teoria de partículas infectantes provenientes da autópsia como causadoras de febre e morte pós-parto. Ele teve de deixar Viena e voltou para Budapeste, sua cidade natal.

Embora seus antigos alunos e médicos da Inglaterra e da Alemanha repetissem com sucesso seus experimentos, Semmelweis foi desacreditado por colegas influentes e invejosos.

Morreu aos 47 anos com infecção generalizada decorrente de uma ferida contaminada, tal como morriam as jovens mães acometidas de febre puerperal. Neste ano, 1865, Pasteur já havia desenvolvido sua teoria da origem microbiana das enfermidades infecciosas. Na Inglaterra, Joseph Lister aplicou os conhecimentos de Semmelweis e de Pasteur para limpar as feridas e os cortes cirúrgicos. Em 1871, o próprio Pasteur obrigou os médicos dos hospitais militares a ferver instrumentos e ataduras. Robert Koch, em 1880, baseou-se nas descrições de Semmelweis para demonstrar a origem microbiana da tuberculose.

Este conto narra como um experimento científico foi fundamental para a compreensão da origem das infecções.

Semmelweis partiu de uma observação, formulou uma hipótese e testou-a, e o resultado confirmou que sua hipótese das partículas infectantes era correta.

Para saber mais

https://www.cremesp.org.br/?siteAcao=Revista&id=480

https://pt.wikipedia.org/wiki/Ignaz_Semmelweis

O enigma do manuscrito

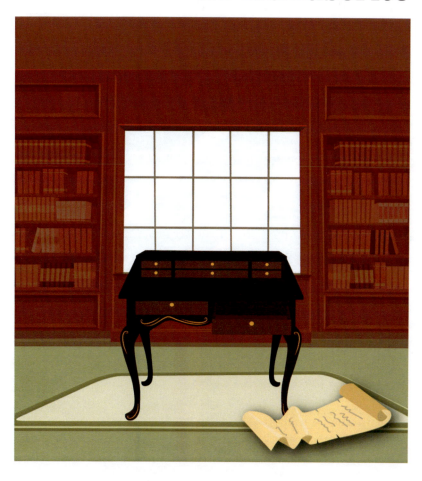

Adoro ler romances e histórias de mistério e crimes. Durante as últimas férias, aconteceu algo inesperado que, sem dúvida, ajudou na decisão de me tornar historiadora.

Eu tinha pela frente quatro semanas sem escola e sem muito que fazer. Algumas amigas iam viajar para comemorar os 15 anos. Mas em casa a situação estava complicada. Não havia grana, nem para ir para algum lugar pertinho de São Paulo. Quando minha tia perguntou se eu queria ir junto para uma fazenda no interior de Minas aceitei na hora. Foi meio por falta de opção, mas também porque essa tia é superlegal e a gente nunca se chateia na companhia dela. Minha mãe diz que ela é uma pessoa não convencional. O que ela quer dizer é que Rosália — eu a chamo de Rosa — tem maneiras diferentes de pensar e olhar as coisas e, além disso, é muito independente e curiosa. Acho mesmo que minha mãe inveja um pouco a irmã caçula.

Tia Rosália se formou em História, mas o que ela faz para ganhar dinheiro é escrever biografias de outras pessoas. É por essa razão que nós passaremos uma semana na fazenda Borda do Campo. A fazenda fica em Antônio Carlos, a umas duas horas de carro de Belo Horizonte. Rosa vai escrever a história de família de um tal José Aires Gomes. Era um fazendeiro rico que participou da Inconfidência ou Conjuração Mineira. Eu e a maior parte das pessoas nunca ouvimos falar dele. Mas os conjurados, incluindo Tiradentes, costumavam se reunir na fazenda de sua propriedade. Apesar de rico, ele também se revoltava contra os impostos cobrados por Portugal. Quando a Conjuração foi descoberta, Aires Gomes foi condenado ao degredo por toda a vida em Angola, mas depois a pena foi mudada para oito anos de prisão em Moçambique e lá ele morreu. Suas propriedades foram tomadas pela Coroa portuguesa, mas a mulher, que ainda tinha ficado com muito dinheiro, conseguiu reaver a fazenda quando foi posta em leilão. Pois é para essa fazenda que nós iremos. Rosa explicou que na biblioteca ainda havia muitos documentos, cartas, álbuns etc. dos vários membros da família. Eu vou ajudar na pesquisa do material.

O lugar é muito bonito. A fazenda agora é dos Andradas, um ramo dos descendentes do Aires Gomes. Quem nos recebeu foi dona Inácia Andradas. Aliás, Inácia era o nome da mulher do inconfidente. Ficamos hospedadas na própria casa da fazenda, conservada e com muita mobília antiga. Tudo em volta era muito bem cuidado e a varanda dava para um lindo jardim. O administrador nos levou para uma volta pela fazenda. Ainda há muita mata e, pelo menos, duas cachoeiras e umas prainhas de rio. Árvores com flores em todos os caminhos. Nosso guia foi dizendo os nomes: acácia, paineira, mulungu, jacarandá-mimoso e outras, cujo nome eu não guardei.

Logo no dia seguinte começamos a trabalhar na biblioteca. Era bem grande e três paredes eram só de estantes do chão ao teto. As estantes eram de jacarandá maciço, com portas de vidro jateado formando um lindo desenho de flores. Rosa foi explicando os detalhes dos móveis antigos. No centro da sala, havia uma grande mesa da mesma madeira e defronte à janela o móvel mais precioso: uma escrivaninha escura enfeitada com pequenas plaquinhas brancas. É um trabalho de marchetaria com marfim, cheio de pequenas gavetas, nichos e certamente deve ter compartimentos secretos. Uma maravilha! Um dia, quando eu ficar rica, terei uma igual!

Dona Inácia nos indicou onde estavam os livros e o material que interessava. Grande parte das estantes era ocupada por livros de Direito, Filosofia e Medicina, além de romances dos séculos XIX e XX. Eu tinha esperança de achar ali ainda algum livro raro ou documento de valor, mas Dona Inácia me desiludiu.

– O pessoal do patrimônio fez pente fino aqui, menina. Não tem mais nada de valor. O que tinha, está no museu em Ouro Preto.

Todos os dias depois do café íamos para a biblioteca. Havia algumas árvores genealógicas escritas à mão que nós fotografamos e, com a lista dos descendentes do Aires Gomes, o trabalho era procurar fatos da vida dessas pessoas em cartas, diários e álbuns de fotos ou recortes guardados. Nas tardes, Rosa fazia sessões de entrevista com Dona Inácia, e eu ficava livre para passear e tomar banho de cachoeira. Também pesquisamos no museu e nos arquivos de jornais em Ouro Preto.

Um dia antes de voltarmos a São Paulo aconteceu algo incrível. Chovia e eu estava sentada à escrivaninha folheando uns livros da estante. Foi quando notei que uma das gavetinhas do lado direito estava meio torta. Puxei e ela deslizou para minha mão mostrando atrás uma placa de madeira. A gaveta estava vazia como todas as outras, mas era mais curta que a de cima. Empurrei a plaquinha que se deslocou para baixo e sim, lá havia um compartimento secreto. Enfiei o braço até o fundo e percebi um papel endurecido. Meu coração começou a bater rapidamente enquanto pensava que podia ter descoberto algo muito importante.

Era um rolo de papel de cor amarelada. Chamei a Rosa que ficou paralisada de emoção quando viu o papel.

– É... É... Papel de trapos, século XVIII ou de antes – gaguejou, meio siderada. – Acho que você encontrou algo importante.

Delicadamente fomos desenrolando a folha. Estava coberta de palavras em escrita miúda e tinta desbotada em uma língua que Rosa, no primeiro momento, não reconheceu. Foi buscar a lupa e depois de alguns minutos exclamou:

– Está escrito em tupi, o que é muito estranho. As pessoas letradas escreviam em português ou francês, mas não na língua dos índios. Por que escreveriam um documento tão longo em tupi? Ademais, foi cuidadosamente escondido. Eu não conheço tupi, mas aqui tem uma palavra que eu conheço: amanda, que significa chuva, e outra, olhe na linha seguinte, amberê que é lagartixa. Está vendo? Espalhados na página há vários nomes de bichos: jacu, jabuti, irara, mandi. Só que eu acho que não tem nada a ver com bichos. Escondido assim como estava, esse documento deve ter sido escrito em tupi e em código para não ser entendido se caísse em outras mãos. Precisamos avisar Dona Inácia.

A fazendeira, incrédula, veio ver o meu achado.

— Menina, isso deve ter alguma importância. Precisamos encaminhar ao pessoal do museu. É o que tem de ser feito. Não vale dinheiro, mas tem valor histórico.

Bem, eu já suspeitava disso. Combinamos que, no dia seguinte, a caminho de São Paulo, levaríamos o precioso papel a Ouro Preto. Lá, nosso achado fez o maior sucesso. De fato, estava escrito em tupi e ainda demoraria para os especialistas conseguirem decifrar o texto.

Em agosto, eu retomei a minha vidinha de sempre. Escola de manhã, estudo, inglês e treino de vôlei. Ligava para Rosa, mas ela não tinha notícias do pessoal do museu. Eu não falei nada na escola sobre o meu achado. Esperava decifrarem o código para depois contar tudo. No final de setembro, Rosa me ligou com a notícia.

— Enfim sabemos o que está lá escrito. Os nomes de bichos de fato são códigos dos participantes da Conjuração. Tiradentes era jacaré e o Aires Gomes era poti, que quer dizer camarão. O texto indica vários esconderijos e depósitos de armas. É um documento muito importante e vai ser exposto no museu de Ouro Preto com agradecimentos a você, a mim e à Dona Inácia. Fomos convidadas a participar da abertura da exibição.

No museu, nosso manuscrito em língua tupi parecia ainda mais importante, agora iluminado e envidraçado ao lado da tradução e dos códigos decifrados, com um cartão explicando onde e como foi encontrado. Em destaque, o meu nome ao lado da historiadora Rosália Ribeiro, o que me encheu de orgulho.

Filmamos tudo e eu apresentei o filme na escola com o maior sucesso. Rosa ficou muito emocionada, e disse que eu já tinha alma e jeito de historiadora antes mesmo de entrar na faculdade.

Para saber mais

A fazenda Borda do Campo

http://bqblogbq.blogspot.com.br/2013/09/1-fazenda-da-borda-do--campo.html

Sobre José Aires Gomes

https://pt.wikipedia.org/wiki/Jos%C3%A9_Aires_Gomes

RODRIGUES, André Figueiredo; SOUZA, Laura de Mello e. Um potentado na Mantiqueira: José Aires Gomes e a ocupação da terra na borda do campo. 2002.Universidade de São Paulo, São Paulo, 2002. https://repositorio.usp.br/item/001240763

Papel e tipos de papel

https://pt.wikipedia.org/wiki/Papel

https://www.youtube.com/watch?v=BB_u64eKF9A

O sumiço do gato Lino

21

Já eram 10 horas da noite e nada do Lino aparecer. Da porta da cozinha, Clara olhou o quintal escuro e de novo chamou o bichano. Nada do gato se manifestar!

O malandro deve estar aí pelos telhados atrás das gatinhas, pensou Clara. – Estranho é que ele não apareceu nem na hora do jantar e, pensando bem, não vi mais o Lino desde a hora do almoço. Só espero que ele não venha miar na janela às três da manhã pedindo para entrar. Amanhã cedo tenho prova de Matemática.

Ao passar pelo quarto da irmã mais velha, viu luz filtrando pela porta fechada. Ainda podia pedir o carregador do celular emprestado.

– Ana, você me empresta...? Ei, o que está fazendo com essa caixa aí no meio do quarto?

– Nada, nada não, Clara, é para um experimento da aula de Física. O que você quer?

Nesse momento, Clara ouviu um miado abafado vindo de dentro da caixa.

– É o Lino – gritou Clara. – O que ele está fazendo aí dentro dessa caixa fechada? Estou procurando ele desde a hora do jantar! Solte meu gato imediatamente!

Em três passos, a menina chegou até a caixa para libertar o gato.

– Não, Clara. Não faça isso! Senão ele pode morrer! Mas também pode ser que não aconteça nada! Que complicado! Não! Não me olhe assim! Ele não vai morrer, não! É apenas um experimento teórico!

Clara não quis saber. Abriu a tampa da caixa e lá estava o Lino, até que bem acomodado. Ronronou ao ser libertado pela dona.

– Ana, você vai ter que explicar muito bem o que estava fazendo com meu Lino! Ele é meu gato, lembra! Não quero que você o use para seus experimentos malucos. Amanhã conversamos e vou falar com mamãe. Agora vou levar ele comigo.

– Desculpe, Clara! Era só um experimento teórico. Nada ia acontecer ao Lino. Juro!

Mas Clara não estava convencida. Já havia visto alguns experimentos da irmã que não deram certo. O último foi o do torpedo que acabou explodindo nas roupas do varal da vizinha.

No dia seguinte, a mãe terminava de preparar o jantar quando Clara contou o acontecido com o Lino e a irmã. Ficou zangada quando a mãe começou a rir...

Sua mãe tinha um estranho senso de humor, pensou Clara. Será que as físicas teóricas são todas assim?

– Querida, estou rindo porque de fato seria um experimento teórico e Ana não tinha o material para torná-lo real. Nada iria acontecer com o Lino. É um pouco complicado. Vou explicar depois do jantar.

Clara ignorou a irmã durante todo o jantar. Queria ouvir a explicação antes de perdoar Ana. O gato Lino aparentemente não tinha sofrido nada e dormia enrodilhado no seu canto preferido do sofá.

– Então! Qual é essa história de experimento teórico com gato dentro de caixa?

– Bem, o que sua irmã estava pensando em reproduzir era um experimento teórico muito famoso que tem o nome de "gato de Schrödinger", que foi quem bolou o experimento. Ele era físico e também ganhou o prêmio Nobel, mas não por essa ideia.

Vou explicar. Desde o início do século XX, os físicos da época, Max Planck, Niels Bohr, Harvey Weinstein, Pauli, Neumann e o próprio Einstein estudaram os átomos e suas subpartículas. Eles verificaram que os princípios físicos que se aplicam aos corpos celestes e ao universo não funcionam com as partículas subatômicas, por exemplo, os elétrons. A Física subatômica é chamada de Física Quântica. Depois, um outro pesquisador, Werner Heisenberg, chegou, por meio de cálculos, a uma ideia que ele chamou de Princípio da Incerteza. Segundo ele, as partículas subatômicas se movem e giram continuamente em velocidades diferentes, isto é, não ocupam um lugar fixo no espaço, e uma mesma partícula ou elétron pode estar em vários locais ao mesmo tempo. Porém, quando alguém tenta medir e localizar essas partículas, o simples fato de observar é uma interferência que faz as partículas assumirem uma só posição com uma única velocidade. Resumindo, o comportamento das partículas, ou de elétrons, é influenciado pelo observador.

– Isso parece muito complicado e meio louco – disse Clara, enquanto a irmã apenas fazia que sim com a cabeça. – Como um observador pode interferir apenas pela observação? – questionou Clara.

– Bem, a gente sabe que a luz, seja por fótons, seja por ondas, interage com a matéria. Então a luz, que é um agente externo, atua sobre os átomos e também sobre as várias partículas subatômicas, além disso, os elétrons também interagem entre si.

– Tá bom, mas e a história do gato?

– Pois é. Esse Princípio da Incerteza era difícil de ser entendido até pelos estudantes de Física. Por isso Schrödinger criou um experimento teórico para explicar de maneira mais simples a teoria de Heisenberg. Era no que sua irmã estava pensando quando ela pôs o Lino na caixa. Ela nunca faria mal ao Lino porque não tem o material para o experimento.

O experimento teórico é o seguinte: pense numa caixa fechada, na qual não se pode ver o que acontece dentro. Na caixa estão: um gato, um vidro de veneno, um martelo, um único átomo de um elemento radioativo qualquer que libera lentamente elétrons e um instrumento que detecta os elétrons liberados. Se um elétron (ou seja, a radiação) for detectado no raio de alcance do detector, o martelo acoplado ao detector é acionado quebrando o vidro de veneno, liberando o veneno cianeto e o gato morre; do contrário, se o elétron não passar na proximidade do detector, o gato vive.

– E daí? O que tem a ver com o dito princípio? O que é incerto aí?

– De acordo com a Física Quântica, o elétron no experimento está se movendo de maneira contínua e pode estar em posições diferentes simultaneamente. Isso é chamado de superposição quântica. Portanto, teoricamente, o elétron pode ser ou não detectado pelo detector. Na caixa fechada, o gato poderia estar ao mesmo tempo ou vivo ou morto. Quando alguém abre a tampa da caixa, entra luz que interfere com os elétrons e, por assim dizer, faz os elétrons assumirem uma única posição e velocidade. Aí, de novo, dependendo da posição do elétron, o gato pode ficar vivo ou morrer. Existem vários desenhos na internet desse experimento.

– Pra mim essa história não convence! Acho que só você e a Ana podem acreditar nisso. Tem que ter cabeça de física! Eu sou prática! Ou tá morto ou não tá!

– Na verdade, essas coisas que parecem tão teóricas às vezes demoram até serem confirmadas ou aplicadas. Atualmente já existe uma aplicação prática muito importante da superposição quântica. São os computadores quânticos. São incrivelmente mais rápidos que os atuais. No momento, só existem em grandes centros de pesquisa. Mas em 10 anos devem chegar até nós. A Ana talvez se torne uma física teórica algum dia. Mas ela nunca vai fazer mal ao Lino.

– Tá bom! Mas eu quero mesmo é ser veterinária para tratar de animais reais!

Para saber mais

http://sergiorbtorres.blogspot.com.br/2017/01/a-interpretacao-de-
-copenhague.html

https://pt.wikipedia.org/wiki/Computador_qu%C3%A2ntico

Onde os objetos desaparecem

Procura daqui, procura dali e nada de Felipe achar a camisa do uniforme. Tinha que encontrar! Se não, não poderia ir ao treino de futebol na escola. O treinador tinha sido duro:

– Uniforme completo do time e chuteira. Faz parte. É para vocês aprenderem a se organizar!

Olhou mais uma vez debaixo da cama e atrás da mesa de cabeceira e nada... Lembrou que quando voltou do treino na semana passada estava com muita pressa. – É isso.... Deixei o calção e a camisa no chão antes de correr para o chuveiro. Não pus no cesto de roupa suja. A mãe deve ter pegado para lavar.

Mas, após uma semana, a camisa de treino já devia estar lavada. Correu para olhar o varal. Não estava lá nem no cesto de roupa para passar. Felipe ficou desolado. Não havia ninguém para quem perguntar. A mãe estava no trabalho. Só voltaria às seis da tarde. Ela é que saberia da camisa sumida. O garoto hesitou. Por fim, decidiu arriscar e vestiu uma camiseta branca. Talvez o treinador deixasse passar dessa vez. No caminho, ficou pensando em uma boa desculpa.

– A lavadora lá de casa quebrou e minha mãe só lavou as roupas mais urgentes.

Era uma desculpa razoável. O treinador olhou-o de cima a baixo e perguntou se ele não tinha camisa de reserva.

– Eu tinha, mas estava muito pequena e rasgada, ainda não deu pra comprar outra. Minha mãe disse que a vida tá difícil e não sobra dinheiro no fim do mês. – Essa parte era verdade, pensou o garoto.

O treinador amoleceu e advertiu: – Na semana que vem só entra com uniforme completo.

Em casa, ao ver a mãe, logo perguntou da camisa. Ela não se lembrava de tê-la visto e despachou o garoto para o banho.

Saiu do chuveiro e procurou de novo em todo o lugar. Até embaixo da cama, lugar onde muitas vezes iam parar suas meias, sapatos e algumas roupas. Nada.... Nem sombra...

Acendeu o farolete para olhar melhor e estranhou que não havia poeira alguma. A última faxina tinha acontecido há duas semanas. Devia ter ao menos algum papelzinho, um lápis, um novelo de poeira...

Ainda faltava tempo para o jantar e Felipe procurou o livro que estava lendo no dia anterior antes de dormir. Nada do livro. Também tinha sumido. Lembrava perfeitamente: adormeceu com o livro nas mãos e hoje, quando acordou, o livro estava caído no chão ao lado da cama. Mas não estava mais lá... E, em princípio, ninguém a não ser ele tinha estado no quarto. A mãe de vez em quando entrava para dar uma geral, como dizia, e recolher as coisas espalhadas pelo chão. Mas hoje ela tinha saído cedo e só voltou à tarde.

Na hora do jantar, o garoto perguntou de novo sobre a camiseta e o livro desaparecidos. Não. Sua mãe não tinha entrado no quarto nem visto os objetos.

– Seu quarto parece um buraco negro onde tudo desaparece. Procure bem que vai achar.

Toda vez que procurava algo a mãe falava no tal buraco negro. Dessa vez, perguntou por quê.

– Bem, o que eu sei é que buracos negros são áreas escuras no universo e que são formados do material das estrelas quando morrem. A força da gravidade dos buracos negros é muito grande e eles atraem meteoritos e outras estrelas, tudo que está em volta. Você pode procurar mais sobre isso amanhã.

O garoto foi para o quarto logo após o jantar. Estava cansado e preocupado com o sumiço da roupa e do livro. Sentado, tirou as meias e os tênis. Estava vestindo o pijama quando viu primeiro as meias e depois os tênis deslizarem, vagarosamente, para baixo da cama como que puxados por mãos invisíveis.

Pegou a lanterna e iluminou o espaço sob a cama. Perplexo, viu um dos tênis e depois o outro serem engolidos por um buraco escuro que parecia um redemoinho. Os objetos estavam sendo atraídos para aquilo que parecia mesmo ser um buraco negro. Resolveu fazer um teste. Rasgou uma folha de caderno e colocou os pedaços no chão: os papeluchos começaram a deslizar lentamente na direção do buraco escuro.

Felipe, assustado, gritou:

– Tem um buraco negro debaixo da minha cama!

Acordou com o próprio grito e viu a mãe abrindo a porta do quarto. Ao lado da cama, estavam os tênis e as meias. A mãe o acalmou e prometeu ajudar a procurar a camiseta de futebol e o livro.

Para saber mais

Sobre Astronomia, planetas, galáxias, cometas, estrelas e buracos negros

http://www.zenite.nu/buracos-negros/

https://jornal.usp.br/atualidades/nova-teoria-explica-surgimento-de-buracos-negros-supermassivos/

https://jornal.usp.br/ciencias/ciencias-exatas-e-da-terra/dia-historico-para-a-ciencia-revelada-a-primeira-imagem-de-buraco-negro/

A garota que detestava brócolis

Era hora do almoço. Thaís olhou para a travessa. Gostava de tudo que estava lá: espinafre, alface, tomate, cenoura. Ia colocar o molho na salada quando percebeu o intruso. Um pedacinho de brócolis escondido debaixo da folha de alface.

Odiava brócolis. Gostava de todos os outros vegetais e de todas as frutas, menos de brócolis. Detestado, tanto cozido como assado, com ou sem molho. Tanto fazia! Por sorte, sua mãe nunca a forçara a comer o odiado vegetal. Mas ela sentia muita pena das crianças cujos pais obrigavam os filhos a comer aqueles – ugh.... – brócolis. Eca!

Foi por causa da aula de Ciências que ela teve uma grande ideia. Naquela semana, a professora explicou como foi feito o milho transgênico. Thaís já sabia que todos os seres vivos são formados por células e que, no núcleo de cada célula, existem as moléculas de ADN (ou DNA, em inglês). Também sabia que nessas moléculas estão milhares de genes, e que cada gene tem o código para a mensagem que vai resultar na produção de uma proteína pela célula.

A professora começou explicando que nas plantas de milho existem vários genes que são os códigos para a produção de clorofila das folhas, outros para a produção da proteína que dá a cor amarela aos grãos e, ainda, milhares de outros genes responsáveis pelas muitas características da planta. Um grande problema na lavoura de milho é o ataque por insetos. Para evitar usar inseticidas, cientistas no laboratório colocaram nas células, que vão se tornar a planta, uma sequência de DNA que codifica para a produção de uma proteína que é tóxica para os insetos. Então, quando a planta se desenvolver, todas as suas células vão ter esse gene que vai causar a produção dessa proteína tóxica. Inclusive os grãos de milho da espiga vão ter essa molécula tóxica que impedirá o ataque dos insetos. O gene novo permanece no DNA e, portanto, os grãos desse tipo de planta modificada, quando semeados na terra, vão também resultar em plantas transgênicas resistentes aos insetos. Esse milho é chamado milho Bt, porque a proteína tóxica para os insetos é produzida naturalmente por uma bactéria chamada *Bacillus thuringiensis*. Os cientistas isolaram da bactéria o gene codificador dessa proteína tóxica e o transferiram para o DNA das células de milho.

Thaís ficou muito interessada e perguntou:

– É possível colocar outros genes em plantas, além desse aí de resistência a insetos?

– Sim e isso já foi feito. Existe um tipo de arroz, o arroz dourado, no qual foi colocado um gene para a produção de uma molécula chamada betacaroteno, que é transformada pelo organismo humano ou animal em vitamina A. A vitamina A é essencial para a boa visão e para a saúde. Existem populações pobres que consomem quase só arroz e em consequência têm falta de vitamina A e muitos casos de cegueira. Então, consumir o arroz dourado fornece o betacaroteno necessário.

– Então é possível colocar qualquer gene, por exemplo, de cor ou gosto?

– Teoricamente, sim. Mas, na prática, muitas vezes o gene colocado não funciona ou então não se mantém nas sementes. Então, não é uma coisa simples.

Em casa, no jantar, Thaís olhou desolada para a travessa que veio do forno. Suflê de brócolis. Já sabia o que a mãe iria dizer:

– Está uma delícia, experimente um pouquinho. Você vai ver que assim vai gostar. Tem bastante queijo!

Foi quando ia repetir pela enésima vez que odiava brócolis que teve a ideia genial.

– Gente! Tive uma ideia genial, espetacular! Se der certo, vou comer brócolis todos os dias. Eu e o monte de pessoas que também detestam essa verdura.

Os pais e o irmão se entreolharam esperando mais explicações, mas a garota insistiu que era segredo.

No dia seguinte, Thaís ligou para a tia Joyce que é bioquímica e trabalha com biologia molecular. Explicou a sua ideia. Queria colocar o gene de sabor de chocolate nos brócolis. A cientista sugeriu-lhe que fosse conversar com cientistas que trabalham com plantas transgênicas. Tinha um amigo que trabalhava nisso e iria acertar uma visita da sobrinha.

Assim, uma semana depois, a garota estava conversando com o Dr. Ivan sobre sua ideia. O cientista levou-a para conhecer o laboratório e mostrar as pesquisas que estava fazendo no melhoramento do gosto de tomates.

– Com a seleção que vem sendo feita há anos de tomateiros produtores de tomates mais firmes e duráveis, as frutas perderam bastante o sabor, então tentamos inserir genes de variedades antigas mais saborosas para melhorar o gosto.

Thaís explicou sua ideia de inserir genes de sabor de chocolate nos brócolis. O cientista achou a ideia boa, mas, no momento, impraticável.

– O sabor de chocolate é complexo. São muitas as moléculas que, em combinação, dão gosto à semente do cacaueiro. São necessários muitos genes para que as células da semente de cacau produzam cada uma dessas moléculas. Colocar um número tão grande de genes no DNA de outra célula, bem como fazer todos funcionarem, é, no atual estágio do conhecimento, praticamente impossível. Talvez no futuro. E, na verdade, o gosto da semente de cacau é muito amargo. O sabor que todos gostamos é da semente processada e misturada a leite e açúcar.

Desapontada, Thais já ia embora quando o cientista a convidou:

– Thaís, agora que você conheceu o laboratório, não gostaria de fazer um estágio aqui e ver como se trabalha com os tomates?

A garota, superfeliz, respondeu na hora.

– Puxa! Que beleza! Obrigada! Posso começar com tomates, mas não vou desistir dos brócolis.... Talvez colocar uns genes de morango...

Para saber mais

LEITE, Natália Alves; MENDES, Simone Martins; WAQUIL, José Magid; PEREIRA, Eliseu José Guedes. O Milho *Bt* no Brasil: a Situação e a Evolução da Resistência de Insetos. *Documentos - Embrapa Milho e Sorgo*, Sete Lagoas-MG, n. 133, dez. 2011. Disponível em: https://www.infoteca.cnptia.embrapa.br/bitstream/doc/920730/1/doc133.pdf. Acesso em: 12 ago. 2021

Apenas coxas de frango

Júlio remexeu na travessa com o frango assado.

– Cadê as coxas? Este frango não tem coxas?

Olhou para os dois irmãos mais novos que, disfarçando risadas, desviaram o olhar.

– Já sei. Nem precisam falar nada. O único pedaço de que eu gosto já era. Atrasei cinco minutos e vocês já avançaram. A gente tinha um trato. Era a minha vez de ficar com a coxa.

Olhou para a mãe pedindo apoio que não veio.

– Por que não pega a sobrecoxa? É igualmente gostosa. Não crie caso com seus irmãos mais novos.

– Pode ser, mas pra mim não é igual. Semana que vem, vou pegar na cozinha as duas para mim. Antes que esses dois malandros se aproveitem.

– Ora, Júlio, não leve as coisas tão a sério – respondeu a mãe. – Em vez do frango assado inteiro da padaria, se der tempo, vou eu mesma preparar uma travessa só de coxas assadas!

– Oba, mas aí eu vou querer umas quatro só para mim – disse Júlio encarando os irmãos.

Júlio, calado e pensativo, comeu um pedaço do frango. Quando ia se servir de novo, disparou a pergunta:

– Mãe, por que em vez de criar um frango inteiro e matar os coitados, não produzem só os pedaços mais interessantes? Outro dia li que os cientistas já fizeram hambúrguer de boi em laboratório usando células-tronco.

A mãe explicou que é um processo demorado e muito caro, mas que já existem firmas na Holanda e nos Estados Unidos que estão desenvolvendo maneiras de baratear essa carne de laboratório. Mas ainda será caro. No caso dos frangos, ela não sabia se os cientistas estavam tentando a mesma técnica. Lembrou-se de Cleonice. Eram amigas desde o curso de Biologia na universidade. O grupo de amigas daquela época ainda se reunia algumas vezes por ano. A Cléo trabalhava na área de pesquisa de um grande frigorífico de aves.

APENAS COXAS DE FRANGO

Júlio gostava de Biologia e sempre tinha perguntas interessantes. Agora, com 15 anos, estava procurando algum laboratório na universidade onde pudesse fazer um estágio. Já tinha feito inscrição em alguns programas de iniciação científica para alunos do segundo grau e aguardava a resposta. Não conseguiu achar na internet informação sobre a produção de carne de frango em laboratório. No fim de semana, iria procurar a amiga da mãe.

A Cléo confirmou que, ao que ela sabia, ainda não tinham sido publicados trabalhos desse tipo com aves. Porém, ela conhecia o pessoal do laboratório na Universidade de São Paulo onde tinha feito o doutorado trabalhando com Embriologia. O interesse do laboratório era o processo de diferenciação no embrião, isto é, como grupos de células se organizam e se modificam para formar um membro ou um órgão do corpo. Esses aglomerados de células são chamados brotos embrionários ou blastemas.

Explicou que no embrião de galinha, já com poucos dias, é possível distinguir os brotos com as células que vão originar as asas e as pernas, além de outros órgãos.

Júlio ficou interessado e Cléo se ofereceu para ligar para um amigo e marcar uma ida ao laboratório dele na universidade.

Na semana seguinte, o rapaz conversava com o Dr. Paulo na universidade. Achou melhor começar perguntando sobre o desenvolvimento das patas das aves. Tinha medo de falar logo sobre a sua ideia e o cientista rir dele.

– São chamados de "brotos de membros" ou *limb buds*, em inglês, os brotos que vão originar os membros – explicou o cientista. – Vou lhe mostrar algumas figuras de livro para você entender melhor. Veja, em embriões de galinha, os tais *limb buds* dos membros superiores e inferiores aparecem já no quarto dia após a fertilização. À medida que o embrião se desenvolve dentro do ovo, os *limb buds* originam as asas e as pernas do animal e, após 21 dias, o pintinho totalmente formado sai do ovo. Nós temos em chocadeira ovos com embriões de várias idades, então você pode primeiro observar os ovos usando um ovoscópio.

O técnico do laboratório mostrou como examinar os ovos. O tal ovoscópio era muito simples: apenas um tubo com uma lâmpada no interior. Colocando-se o ovo em cima da lâmpada, conseguia-se ver por transparência a sombra dos embriões. Com a sala escurecida, era possível observar melhor e avaliar a idade do embrião.

Júlio estava achando interessante, mas o que realmente queria era discutir a possibilidade de produzir coxas de frango em laboratório para vender. Retornou ao Dr. Paulo. Sentia-se mais corajoso agora que já tinham conversado. O cientista viu que o rapaz hesitava.

– E então? A Cléo me falou que você tinha uma ideia interessante.

– A minha ideia era produzir apenas coxas de frango no laboratório sem precisar criar o animal. Sei que já fizeram carne com células-tronco em cultura celular. Então, agora eu estava pensando que seria possível usar os tais *limb buds* para produzir somente coxas de frango para vender. A minha ideia é muito maluca?

– De jeito nenhum! Os experimentos mostraram que é possível, sim, obter uma pata a partir de um broto de membro em cultura. Os primeiros trabalhos foram feitos há mais de 70 anos. As patinhas obtidas assim são muito pequenas, menos de um centímetro, mas têm músculo, osso e cartilagem. Então essa parte da sua ideia já foi feita e testada.

O problema está em manter as patinhas vivas e fazê-las crescer. Não se consegue mantê-las em cultura por mais de uns 18 dias. As células começam a morrer. Para a pata crescer, isto é, aumentar o número de células musculares e de células da cartilagem e osso, são necessários nutrientes e outros estímulos trazidos pelo sangue que não existem nos meios de cultura. Durante o desenvolvimento normal do embrião no ovo, vasos sanguíneos penetram nos membros em formação e fornecem as moléculas necessárias ao crescimento.

Júlio ficou desapontado, mas se consolou já que a sua ideia, afinal, não era tão maluca.

– E o pessoal que conseguiu o hambúrguer de laboratório?

– Eles queriam apenas um tipo de célula, as células musculares, e cultivaram células chamadas células-tronco extraídas de boi e modificadas em laboratório para se transformarem em músculo. Não há necessidade de as células se organizarem em um órgão. As células ficam em camadas ou aglomeradas no meio líquido de cultura, que é bombeado em grandes frascos. Assim, as células se dividem e os nutrientes chegam até elas sem precisar de vasos sanguíneos.

Júlio pensou um pouco e já tinha uma nova ideia...

– E... Talvez... O que o senhor acha da ideia de criar frangos com duas coxas a mais que as das pernas?

Para saber mais

https://pt.wikipedia.org/wiki/Carne_artificial

https://www.youtube.com/watch?v=_yKUQKOXCD0

Enfermeira biônica

Foi no centro esportivo do bairro que Michael encontrou Leah treinando um grupo de meninas para jogar vôlei. Leah, aos 25 anos, já tinha terminado seu serviço militar obrigatório de dois anos e deu baixa como oficial do Exército israelense. Durante as folgas entre as aulas no último ano da Faculdade de Enfermagem em Haifa, ela aproveitava para manter a forma física. Michael, um engenheiro canadense, trabalhava em uma *startup* (empresa inicial) que desenvolvia placas para transformar energia solar em eletricidade.

Michael ficou muito atraído por Leah que era uma típica sabra, como são chamados aqueles que nascem em Israel. A moça era alta, de corpo esbelto e musculoso. Seus olhos verdes e os cabelos castanho-escuros contrastavam com a pele clara do rosto. Delicadas sardas na base do nariz e nas maçãs do rosto suavizavam a expressão franca e decidida do olhar.

Duas semanas depois de se conhecerem estavam perdidamente apaixonados. Casaram-se e se mudaram para Tel Aviv, onde Leah conseguiu emprego em um grande hospital.

Tudo ia bem para o casal até que, depois de vários atentados, houve uma convocação dos reservistas. Leah foi chamada, mas não ficou muito preocupada, pois a jovem enfermeira iria trabalhar no serviço de saúde na retaguarda e, provavelmente, não correria grandes riscos.

Sua vida mudou quando as unidades da retaguarda hospitalar onde Leah trabalhava foram atingidas por um foguete do Hamas. Após acordar do ataque, Leah não sentia mais as pernas. A explosão a atirou a 50 metros de distância contra um muro de pedra, causando fratura da coluna vertebral e lesão da medula, além de fraturas nas pernas e cortes no rosto e nos braços.

Ao acordar das cirurgias, Michael estava ao seu lado. Leah sabia que não voltaria mais a andar. Michael lhe deu outra notícia. Os exames haviam detectado uma gravidez em fase inicial. Leah não conseguia imaginar seu futuro como paraplégica cuidando de uma criança. Por outro lado, sentia que ela e o marido queriam ter aquele bebê. Seguiram-se meses de penosos exercícios para estimular a musculatura. Michael procurava estar sempre ao seu lado, incentivando-a a superar as dores e o cansaço.

Leah sabia que em Tel Aviv havia um grupo de reabilitação que poderia ajudá-la. Queria tentar um novo equipamento, chamado exoesqueleto, disponível principalmente para soldados mutilados em ação. Só ele poderia livrá-la da dependência total da cadeira de rodas.

– O resultado vai depender de como você se adaptar ao equipamento. – Foi o que ouviu da médica-chefe.

Leah já estava no fim da gravidez, mas insistiu em fazer um teste com o exoesqueleto. A armação articulada ficaria presa às pernas e ao tronco. O controle era eletrônico, acionado pelo usuário.

No dia D, Leah procurou não se animar muito. Tantas vezes tivera decepções ao achar que poderia recuperar os movimentos. Manteve a calma enquanto colocava os pés nos suportes e a fisioterapeuta prendia o exoesqueleto às pernas. As conexões eletrônicas foram ligadas no computador que estava numa espécie de mochila nas costas. Fechou os olhos e pensou em Gabriel que estava já quase pronto para nascer. Ouviu a ordem:

– Pode dar a partida.

Leah respirou profundamente e apertou os controles presos ao seu braço.

O mecanismo levantou-a e quando acionou de novo o controle conseguiu dar os primeiros passos. Parou quando as lágrimas lhe dificultaram a visão. Emocionada, abraçou Michael. O impossível tinha acontecido. Era capaz de andar novamente. Pouco tempo depois, foi levada para a sala de parto. O pequeno Gabriel tinha urgência de sair para o mundo.

Para saber mais

https://www.youtube.com/watch?v=424UCSN3Fjg

https://www.youtube.com/watch?v=QK-qsas8dqA

https://www.youtube.com/watch?v=yzl3cXoaxTE

https://jornal.usp.br/ciencias/usp-cria-exoesqueleto-robotico-para-
-reabilitar-pessoas-que-sofreram-avc

Nas estradas de Tocantins

Jacqueline sempre foi distraída. Dessa vez trafegava devagar pela rodovia, cantarolando, quando seu automóvel se chocou contra algo. Parou para ver o que era.

De início não identificou o animal. Apenas viu que era grande e de pelagem de tom cinza-amarronzado. A cabeça estava oculta pelo capim do acostamento, e o restante se confundia com o solo escuro e o mato ralo.

– Bem... Bezerro, bode ou carneiro é que não é! Que animal será?

Armou-se de coragem e foi se aproximando devagar. O animal respirava e, de quando em quando, emitia um som rouco. Vencendo o medo chegou ainda mais perto. Foi quando viu se agitar a enorme cauda branca e cinzenta de pelos longos e ásperos. Agora sabia que animal era aquele. Só a cauda tinha bem mais de um metro. Não via o focinho, mas aquele esplêndido leque era inconfundível. Um tamanduá adulto! Nunca tinha visto um tão de perto.

– O que fazer? Não vou deixá-lo aqui para morrer à beira da estrada. Talvez possa ser tratado. Vou chegar atrasada para a aula da manhã na faculdade, paciência...

Ligou para o posto da polícia rodoviária torcendo para que atendessem. Naquelas estradas do Tocantins, às vezes, não se encontra ninguém. Por sorte atenderam. Jacqueline explicou o ocorrido.

– Teremos que localizar o pessoal da proteção ambiental. Tem certeza de que é isso o que quer? Vai demorar uma hora para eles chegarem aí!

Agora não posso desistir, pensou. Tenho que ficar para ver se o bicho vai ser mesmo resgatado.

E Jacqueline ficou lá esperando, solitária, à beira da estrada até que apareceu a caminhonete da guarda ambiental. Eram dois: o motorista e o veterinário, que se apresentou como João Pedro.

– Sim, moça. É um tamanduá. Aliás, é uma fêmea de tamanduá e está prenhe. Olhando assim parece que não está muito ferida. Vamos fazê-la dormir para poder transportá-la.

O veterinário sacou o que parecia uma pistola. Atirou o dardo anestésico certeiro no lombo do animal.

– Agora esperamos uns 15 minutos até ela apagar.

Jacqueline soube que João Pedro adorava a profissão. Era especialista em animais silvestres. No pequeno posto, tratavam de todos os animais feridos nas estradas ou recuperados das mãos de traficantes, desde pequenos pássaros até os graúdos, como antas e veados. O animal tinha adormecido. João Pedro se despediu.

Mais tarde, ao chegar à faculdade onde trabalhava em informática, a moça ligou e soube que a tamanduá estava bem após uma cirurgia. Na verdade, tinha sido atingida pela bala de um caçador e, desnorteada, acabou chegando à estrada. O choque com o carro atingiu a base da cauda e a atordoou. Por fim, João Pedro e Jackie marcaram um encontro para o almoço no dia seguinte em Palmas.

– Essa tamanduá se salvou – contou o veterinário. – Você sabia que 5 milhões de animais de grande porte são mortos por ano nas estradas brasileiras? São antas, onças, macacos e lobos-guarás, isso sem falar nos pequenos. Os atropelamentos em rodovias, além do tráfico, são causas importantes de redução de animais silvestres, algumas espécies em perigo de extinção.

– Puxa! Coitados! Também devem acontecer muitos acidentes com os motoristas. Não se pode fazer nada?

João Pedro explicou à moça que existiam vários recursos para facilitar a vida dos bichos e também dos humanos. Na Europa e nos Estados Unidos, os serviços de proteção ambiental e animal identificam os locais de travessia dos animais instalando câmeras fotográficas. Depois, dependendo da espécie animal, são cavados túneis ou passarelas em locais estratégicos para os animais atravessarem em segurança. Também são feitas cercas e colocadas placas de aviso aos motoristas. Mas os métodos mais eficientes que já estão em uso por lá são sistemas de detecção dos animais por sensores que emitem um aviso para o motorista.

– E aqui no Brasil? – perguntou Jackie.

– No Brasil a coisa está no início. Existem cientistas e startups que desenvolvem programas de detecção de animais em estradas e também alguns sistemas de aviso para os motoristas, como os existentes no exterior.

O Centro Brasileiro de Estudos em Ecologia de Estradas na Universidade Federal de Lavras, em Minas Gerais, desenvolveu um aplicativo para celular chamado Sistema Urubu para as pessoas avisarem que viram animais cruzando rodovias ou atropelados, de modo a mapear os lugares mais frequentes. Qualquer pessoa pode baixar e participar.

Além disso, existem startups em São Paulo que estão testando sistemas de detecção e aviso. Em geral, baseiam-se em um feixe de luz infravermelho nos pontos de passagem dos animais. Quando o animal interrompe o feixe de luz é acesa uma placa luminosa que avisa o motorista da existência de animais na pista.

Jackie ficou entusiasmada. Pensou que seria uma área em que gostaria de trabalhar. Estava cansada do projeto atual que achava muito teórico. Perguntou a João Pedro se ele toparia participar de um grupo de estudo na universidade para desenvolverem um sistema de aviso aos motoristas de animais perto da pista. Lembrou logo de um amigo engenheiro eletrônico e de uma colega bióloga para compor a turma. João Pedro surpreendeu-se com a animação da moça. Mas lembrou:

– É preciso dinheiro para tocar um projeto assim. Onde vai arrumar?

– Simples! Vamos pedir aos pecuaristas. Eles têm muita grana. Vira e mexe acontece de algum boi ou bezerro ou mesmo cavalo escapar para a estrada. Já houve acidentes feios. Eles também devem ter interesse em um sistema assim!

O rapaz se espantou diante de uma resposta tão imediata.

– Duvido. Mas está bem. Vamos ver... Se você formar um grupo e conseguir algum dinheiro para começar, estou dentro.

Três semanas depois escutava Jackie ao telefone:

– Consegui uns 50 mil para começar e promessa de mais outro tanto após fazermos o projeto. O grupo vai se reunir na próxima semana. Vai topar?

É claro que João Pedro topou. Fizeram um projeto para dois anos. O equipamento protótipo está em teste. Já conseguiram evitar colisões com antas, macacos e com um cavalo desnorteado. Precisavam agora dar o grande salto para a produção e a venda dos detectores de animais.

Para saber mais

https://jornal.usp.br/ciencias/ciencias-ambientais/solucoes-de-enge-nharia-poderiam-reduzir-mortes-de-animais-silvestres-em-rodovias/

VASCONCELOS, Yuri. Animais na pista. *Revista Pesquisa Fapesp*, São Paulo, n. 260, p. 69-71, out. 2017.

Outras dimensões

Tarsila sabe tudo sobre as teorias das dimensionalidades. Nós, no dia a dia, só conhecemos três dimensões – comprimento, altura e largura ou profundidade. Depois da publicação das teorias de Einstein, foi acrescentada a quarta dimensão, que é o tempo.

Mas Tarsila é física e, assim como muitos físicos, estuda e propõe a existência de outras dimensões no universo. Os cientistas que se dedicam a essa área da Física sugerem haver de seis a onze dimensões que podem existir simultaneamente. As equações matemáticas mostraram que as várias dimensões eram independentes, mas que, em teoria, seria possível passar de uma para outra.

Sentada em frente ao computador, Tarsila tentava resolver as equações das seis dimensões paralelas. Vinha trabalhando há oito meses nesse assunto. Faltavam resolver apenas algumas equações finais para demonstrar a existência da sexta dimensão desse grupo.

Eram três da manhã quando Tarsila conseguiu resolver a última equação.

– *Quod erat demonstrandum!* QED! Como se queria demonstrar! – Exclamou, entusiasmada por ter conseguido o que muitos haviam tentado sem sucesso.

Tarsila se esticou na cadeira para relaxar e comemorar essa grande vitória.

Mas, quando olhou em volta, viu que todos os móveis e os objetos do escritório estavam deslocados e apareciam em lugares invertidos da posição a que ela estava acostumada. Foi para a sala e lá também tudo parecia ter sido invertido. Lembrou-se de Leonardo da Vinci, que escrevia com letras e palavras invertidas. Para ler o que Leonardo escreveu, era necessário usar um espelho.

Curiosa, ela foi ver o que sucedia fora de casa. Foi até a porta da frente e notou que o trinco estava agora no lado direito em vez do esquerdo e que a porta abria do lado oposto.

Saiu para a rua e caminhou pela avenida, vazia àquela hora da madrugada. Num primeiro momento, ao olhar os letreiros das lojas e dos cartazes, não entendeu nada. Aos poucos foi percebendo que as palavras estavam todas escritas ao contrário. Viu a padaria que estava no outro lado da avenida e conseguiu ler o nome, *laeR*, era um nome curto. Conseguiu também decifrar o destino de um ônibus que passava: *ortneC*. O motorista estava sentado do lado direito do ônibus, como os que ela vira em Londres!

Continuou a caminhar e reparou em um gato que a seguia. Era um gato malhado e tinha na pata esquerda uma mancha amarela e preta. Tarsila sabia que no nosso planeta não há gatos malhados de três cores, só gatas de três cores.

– Olá gatinha! Você vive neste mundo maluco? Ou será somente uma ilusão minha?

O bichano chegou mais perto e se enroscou nas suas pernas. Tarsila abaixou-se, acariciou-o e ele logo começou a ronronar. A gata era real. Continuaram andando pela calçada. A moça agora estava mais confiante, talvez por ter encontrado nesse estranho ambiente uma criatura conhecida.

Mais adiante viu na esquina uma grande lanchonete. Claro, conhecia aquele lugar! Era perto da sua casa. O X-burger na foto era parecido com o de sempre, embora com o nome invertido, regrub-X,

– Preciso usar um espelho para entender este mundo, eu não sou Leonardo da Vinci, estou ficando tonta e com dor de cabeça.

Assustada, voltou pela calçada até a porta de casa acompanhada de perto pela gata.

– Você não – disse para o animal que se encostou esperançoso junto à porta. – Acho que gatos dessa sua dimensão não vão se dar bem no meu mundo.

A porta não abria e ela foi ficando nervosa. Lembrou então que precisava girar a chave ao contrário. Esqueceu a gata e entrou correndo. Bateu a porta e foi desligar o computador. Suspirou aliviada ao ver que tudo estava de novo no seu lugar certo. Ela tinha retornado ao seu conhecido universo de apenas quatro dimensões.

Ao adormecer ainda pensou: tenho que repetir a experiência amanhã. Será que realmente entrei em um universo paralelo?

Ao acordar foi para o escritório e ligou o computador. Analisou algumas equações da véspera para confirmar se estavam corretas. Queria escrever o texto com a solução matemática da sexta dimensão para ser publicado numa boa revista internacional de Física Teórica. Mas não iria mencionar a ninguém seu passeio do dia anterior. Os outros cientistas certamente iriam zombar dela. Mesmo ela não tinha certeza se tudo não teria sido apenas um sonho.

Lá pelas 11 da manhã fez uma pausa. Voltou da cozinha com uma caneca de leite, que deixou ao lado do computador. Alguns minutos mais tarde, esticou a mão para a bebida: – Que estranho, poderia jurar que estava cheia.

Tomou um gole e continuou a digitar. Ia tomar mais um gole quando, para seu espanto, viu que o nível do leite ia baixando, baixando, até ficar só um fundinho. Levantou a caneca pensando que podia ter alguma rachadura. Mas ali na mesa não havia nenhum líquido. A madeira estava seca e também o chão. Estou ficando louca, pensou, enquanto revirava a caneca nas mãos. Nada. Estava intacta e o fundo nem estava molhado.

Ficou olhando para a caneca enquanto tentava achar uma explicação. Então, ao longe, ouviu um miado, como se viesse da sala ao lado. Não deu atenção pensando ser o gato da vizinha. Mas de novo ouviu o miado, dessa vez mais forte, como se viesse do próprio escritório. Tarsila lembrou-se da gata da véspera. Vasculhou atrás das cortinas, das estantes, da mesa e nada de gato em nenhum lugar do escritório. De vez em quando ouvia o miado.

Desistiu de procurar e voltou à escrivaninha enquanto pensava: e se... E se... Talvez... Não, seria impossível. Mas, afinal, por que não? Se eu fui até a outra dimensão...

De repente, teve uma ideia. Foi ao banheiro e pegou o espelho redondo que ficava ao lado da pia. Colocou o espelho na mesa ao lado do computador e lá estava ela refletida. Era a gata da véspera, tirando a maior soneca com a cabeça bem ao lado da caneca de leite.

– Será que ela está mesmo aí? – esticou a mão para o lugar onde estaria o animal, mas só encontrou o vazio e a superfície da mesa. – Poderia me ouvir, assim como eu escuto o miado?

– Olá bichana, bichaninha, não sei seu nome, vou dar um agora, vai ser Leona. Você está contente aqui no meu escritório?

Aí Tarsila viu pelo espelho a gatinha levantar a cabeça e piscar. Aguçando o ouvido, Tarsila ouviu o delicado miado e um macio ronronar.

– Parece que ela quer vir para cá! Não quero me arriscar pulando de novo para a outra dimensão! Como vou fazer para trazer Leona para cá?

Tarsila ficou matutando, matutando, até que lhe veio a ideia. Se tudo é invertido na dimensão onde mora Leona, a imagem dela no primeiro espelho vai se inverter em um segundo espelho. Aí, talvez a Leona consiga pular para a nossa dimensão!

A moça foi atrás de outro espelho. Lembrou-se de um antigo espelho de mão que estava em um armário. Voltando ao escritório, ela localizou a gata virtual com um espelho. Agora dormia sobre uma almofada do sofá. Ao ser descoberta acordou e miou amistosamente. Tarsila então ajustou o segundo espelho para observar a imagem do primeiro. Lá estava Leona na segunda imagem, agora com a sua mancha preta e amarela na pata direita.

– Pule, bichana, pule para fora, venha para cá – chamou Tarsila, encostando a mão no espelho. A gata deu um pulo como só os felinos sabem fazer. Aterrissou no tapete. A moça a colocou no colo e a examinou. Estava inteirinha. Parecia uma gata normal. Quem acreditaria que viera de outra dimensão?

– Melhor eu ficar calada e não contar a ninguém, até que eu possa provar que é possível transitar entre as dimensões do espaço.

Para saber mais

Mundos paralelos e teoria das cordas

http://www.cienciahoje.org.br/noticia/v/ler/id/4910/n/o_estranho_mundo_do_doutor_estranho

https://www.youtube.com/watch?v=9P786p4Z8YE

https://www.youtube.com/watch?v=3Hi1DhxSh34

https://super.abril.com.br/historia/a-chave-de-tudo/

Perfumes irresistíveis

Pedro deu um tapa no braço.

– Desta vez matei o desgraçado antes dele chupar meu sangue!

Tinha sido assim durante toda a caminhada pela trilha. Volta e meia, o rapaz agitava as mãos ou dava tapas para espantar os mosquitos.

– Parece que eles só vêm em cima de mim – disse, irritado, para a colega que caminhava ao lado. – Nem parece que passei repelente!

Flávia ficou com pena. Desde que chegaram ao acampamento, Pedro tinha sido a vítima preferida dos mosquitos. Todos tinham algumas picadas, mas o colega tinha muitas. Em todas as partes do corpo expostas: braços, pernas, rosto e até na nuca. Usava repelente como todo mundo, mas nele parece que o efeito logo desaparecia.

– Vamos falar com o Milton, ele deve saber o que você pode fazer contra os mosquitos. Afinal, vamos ficar aqui ainda por mais três semanas.

– Não sei não, Flávia. O que ele pode fazer? Se continuar assim, vou desistir e voltar pra casa em São Paulo. O chato é que meus pais nem podiam pagar o tanto que custou a viagem, mas fizeram um esforço para eu poder vir ao acampamento. Se eu voltar, será um dinheiro jogado fora. A essa altura, eles não devolvem mais a grana paga. Nem a metade.

Ao voltarem para a sede, Flávia insistiu e juntos foram procurar Milton. Ele era biólogo e trabalhava em pesquisa com insetos. Durante um mês, nas férias de julho, atuava como orientador no acampamento Lobo Guará. A garota tinha grande admiração pelo biólogo.

– São os mosquitos! – queixou-se Pedro. – Não me deixam em paz. A Flavinha disse que você poderia ajudar porque faz pesquisa com insetos. Se não, vou ter que ir embora.

– É, estou vendo. Você foi mesmo atacado. Não se desespere. Com algumas pessoas é assim mesmo. Alguma coisa da pele, em geral é o suor, atrai os mosquitos mordedores. Uma espécie de feromônio.

– Feromônio? Conheço hormônio, mas não essa palavra.

– De fato, a origem da palavra é essa. Feromônios são hormônios que atraem. *Fero* vem do grego *phero*, que quer dizer transportar, carregar ou atrair. São muito importantes para quase todos os seres vivos, principalmente para os insetos. Servem para atrair parceiros sexuais e para marcar território, como fazem os felinos e muitos outros animais.

– Tá tudo certo. Mas o meu problema é como eu faço para não atrair os mosquitos. Não tenho vocação para mosquita.

Flávia começou a rir... – Até que você podia se fantasiar de mosquita pro baile.

– Tá rindo porque não é com você! E aí, Milton, que é que eu faço?

Milton explicou que era preciso mascarar o cheiro do suor com alguma outra substância. Os índios usam extrato das sementes de urucum que funcionam como repelente e deixam a pele avermelhada. Como Pedro não queria virar pele-vermelha, a outra solução seria tomar doses grandes de vitamina B que seria eliminada pela pele. Iria ficar cheirando remédio, mas paciência... Foram até o posto de enfermagem do acampamento e lá Pedro engoliu alguns comprimidos da vitamina. Iriam comprar mais no dia seguinte. A enfermeira também lhe deu um antialérgico para diminuir o inchaço das picadas.

Mais calmo, Pedro perguntou a Milton o que ele pesquisava nos insetos. O biólogo percebeu que Pedro estava com muito sono – era a ação do antialérgico. O rapaz foi dormir cedo e nem jantou. No dia seguinte, foi procurar mais comprimidos de vitamina B e encontrou o biólogo.

– Vejo que está melhor. O rosto e os braços já estão menos inchados. É melhor você ficar por aqui e não sair para caminhar pelo mato. A vitamina demora uns três dias para fazer efeito.

O novo frasco deve chegar com o motorista que faz as compras na cidade.

– Pois é..... Acho mesmo melhor eu ficar uns dias de molho até começar a suar vitamina B. Afinal, ainda tenho duas semanas por aqui e quero aproveitar esse tempo.

– Enquanto isso, se estiver interessado, pode me ajudar com o material de uns testes que estou fazendo no meu projeto com feromônios de insetos. Precisamos ir a um pomar de laranjas que fica a uns 30 quilômetros daqui.

Depois de se assegurar de que não iria ficar perto de mosquitos hematófagos, Pedro ficou animado. Ouviu de Milton que existe uma doença chamada "greening" causada por bactérias que atacam os laranjais e impedem as laranjas de se desenvolverem. As bactérias são transmitidas por um inseto muito pequeno, de uns dois milímetros de tamanho, chamado *Diaphorina citri*.

Essa praga se originou na Ásia e já chegou ao Brasil e aos Estados Unidos. É um pavor para os citricultores. Eles precisam eliminar as plantas doentes, além de pulverizar e matar os insetos, o que é caro e difícil. Se nada for feito, a doença acaba com pomares inteiros. Um grupo de pesquisadores que estudava há muitos anos feromônios de insetos se reuniu para identificar essas substâncias no inseto *Diaphorina*, transmissor do greening.

– Mas como é possível conseguir feromônio de um inseto tão pequeno? – perguntou Pedro.

E realmente esse foi um dos problemas. Os cientistas primeiro acharam as condições ideais para criar *Diaphorinas* em laboratório. Ao estudar o ciclo de vida e acasalamento, perceberam que as fêmeas adultas liberavam um potente feromônio para atrair os machos. Conseguiram obter de um grande número de insetos uma quantidade minúscula do feromônio e identificar o principal componente.

– Mas como é possível saber qual a substância química nessa microquantidade de material? Acho que não dá para fazer análise como as que a gente faz nas aulas de Química.

– De fato seria impossível, mas existe atualmente um método chamado espectrometria de massa que consegue fazer análises em quantidades mínimas de substâncias.

– Mas, afinal, se já identificaram o feromônio das *Diaphorinas*, qual é a pesquisa que você faz?

– A pergunta do meu projeto é muito importante. Sabemos que a molécula é relativamente simples, chama-se acetato de lignocerol, que só existe em insetos. Mas a parte que parece atrair os insetos machos é o acetato. Acetato, você conhece da Química, é o ânion do ácido acético, nosso conhecido vinagre. É um produto muito barato, não é tóxico nem para o agricultor nem para o meio ambiente. Precisamos ver se é possível atrair os insetos para armadilhas contendo ácido acético. O inseticida para eliminá-los pode então ser aplicado nas armadilhas apenas e não na plantação toda. Com a eliminação dos machos, não haverá novas gerações de *Diaphorinas*.

– E qual é o experimento que você está fazendo? – perguntou Pedro.

– O experimento que eu bolei foi preparar muitas armadilhas contendo ácido acético e também outras contendo apenas água. Eu espalhei os dois tipos em vários lugares do laranjal. Tenho de recolher parte das armadilhas em dias diferentes. Coloquei ontem cedo. Agora vamos recolher as que ficaram 24 horas expostas. Levamos para minha pequena sala onde há uma lupa, e eu e você podemos contar quantos insetos têm nas armadilhas com vinagre e também naquelas com água, que são o meu controle.

Assim, Pedro passou os dois dias seguintes ajudando a contar insetos. O resultado do experimento de Milton mostrou que a hipótese era verdadeira. As armadilhas com ácido acético tinham muito mais insetos do que aquelas apenas com água. Interessante é que também tinham, além de machos, insetos fêmeas, possivelmente atraídas por algo produzido pelos machos.

Pedro, depois dos três dias tomando vitamina B, voltou a fazer as atividades do acampamento. Encontrou Flávia e logo a convidou para uma caminhada na mata.

— Você está com um cheiro muito estranho. Espanta qualquer bicho.

— É isso mesmo. É a vitamina B. Prefiro ficar cheirando do que ser picado pelos mosquitos.

Para saber mais

Feromônios em geral

https://en.wikipedia.org/wiki/Pheromone#Aggregation

ALISSON, Elton. Feromônio sexual de inseto transmissor do greening é identificado. *Agência Fapesp*, 24 jan. 2018. Disponível em: http://agencia.fapesp.br/feromonio_sexual_de_inseto_transmissor_do_greening_e_identificado/27033/. Acesso em: 13 ago. 2021

Negacionismo, Oswaldo Cruz e a Revolta da Vacina de 1904

Renato estava cansado de ter aulas pelo computador. A internet caía, não dava para resolver logo as dúvidas e era difícil ficar alerta, prestando atenção na aula gravada e sem graça da telinha. Desde abril de 2020, a escola estava fechada devido à pandemia de Covid-19. Já estavam no mês de setembro e o reinício das aulas na escola não tinha sido decidido. Será que iria conseguir terminar esse primeiro ano do ensino médio?

Durante esses meses, todos na família e seus amigos tinham aprendido muitas palavras novas: presencial, home office, vírus Sars-CoV-2 causador da Covid-19, distanciamento social, máscaras de proteção, unidade de tratamento intensivo (UTI). Nunca antes tinha ouvido falar da cidade chinesa de Wuhan, assunto do noticiário por ser o foco primário da pandemia. Agora vinham as notícias de que várias vacinas contra a doença estavam sendo testadas no mundo. Seriam a melhor maneira de prevenir a infecção e evitar a mortandade das pessoas.

Naquela tarde, desligou o computador, olhou as mensagens no celular e pensou como seria legal se pudesse voltar a jogar futebol com os amigos. Sempre reclamava da quadra do condomínio, o piso tinha rachaduras, a água da chuva empoçava, mas agora nada disso tinha importância. Se pudesse pelo menos chamar o Aldo para chutar uma bola ao ar livre... Mas nem isso. A quadra estava interditada. Gostava de ler, mas estava sem livros novos. Até as bibliotecas da escola e do bairro estavam fechadas.

Foi para a sala e ligou a televisão. De novo notícias e mais comentários sobre a pandemia. Já estava cheio daquele falatório! Zapeou e só tinha notícias em todos os canais. Parou em um que chamou a atenção, parecia diferente dos demais. Uma cientista estava sendo entrevistada e ela usou uma palavra que Renato ainda não tinha ouvido: *negacionismo*. A cientista explicou que é uma forma de pensar em que pessoas negam a existência de fatos já comprovados pela ciência. As pessoas que adotam esse tipo de pensamento são chamadas de *negacionistas*. No caso da pandemia de Covid, são pessoas que negam a gravidade da doença e que se opõem às medidas de controle da infecção. Por exemplo, ridicularizam as medidas de proteção contra a Covid, tais como uso de máscaras, evitar aglomerações e também a vacinação. A entrevistada comentou que essas pessoas causam muito mal para a população quando elas ocupam posições importantes no governo, porque deixam de tomar as medidas efetivas para preservar a saúde do povo. Além disso, dão péssimo exemplo ao debochar das medidas indicadas por médicos especialistas em saúde pública e pela Organização Mundial da Saúde.

Era quase hora do jantar e Renato desligou a televisão quando sua irmã, Ana, entrou na sala. Ana já estava na faculdade, estudava à noite e trabalhava durante o dia numa editora. Era apaixonada por História e por livros. Queria se tornar escritora e escrevia contos. Sabia muito sobre História e Renato sempre a explorava quando tinha de escrever sobre algum fato histórico. Ela até ficava contente por mostrar seu conhecimento.

– Negacionismo? A palavra apareceu agora, mas o fato existe há séculos. Pense um pouco. Lembra do Giordano Bruno e do Galileu Galilei?

Renato lembrou-se dos dois astrônomos italianos que demonstraram que a Terra gira em torno do Sol e não o contrário. Ambos processados pela Igreja Católica de Roma. O primeiro foi queimado por heresia e o outro só escapou por renegar as suas pesquisas. Renato também se recordou do pessoal que, ainda hoje, acredita que a Terra é plana e nega a evolução das espécies, achando que todos os seres vivos foram criados do jeito que são hoje.

– Pois é isso mesmo – continuou Ana. – E, de lá para cá, temos muitos exemplos em que a negação do conhecimento científico causou muitas doenças e mortes. Você vai encontrar muita coisa na internet, mas aqui no Brasil mesmo tivemos a Revolta da Vacina que aconteceu em 1904, no Rio de Janeiro. E a história é muito importante porque envolve o nome de um médico sanitarista que todo brasileiro deve conhecer. Esse médico é o Dr. Oswaldo Cruz.

– Tudo bem, Ana, mas e a tal revolta? O que aconteceu?

– Vou resumir para você: o Rio de Janeiro, na virada do século XIX para o XX, era uma cidade muito malcheirosa e insalubre, isto é, onde as pessoas se contaminavam com muitas doenças. A cidade e o seu porto eram conhecidos como lugares perigosos onde viver e mesmo aportar. Febre amarela, peste bubônica e varíola eram comuns.

As pessoas morriam de febre amarela transmitida pelos mosquitos que proliferavam nos charcos cheios de lixo, córregos e alagados da cidade. Acreditava-se que a doença era transmitida pelo ar, mas o médico Oswaldo Cruz conhecia os trabalhos do cientista cubano Carlos Finlay, que demostrou que a febre amarela é transmitida pelo mosquito *Aedes*.

Oswaldo Cruz organizou o serviço de saúde para drenar os alagados, e organizar as brigadas de mata-mosquitos para pulverizar as casas e acabar com o lixo. De fato, de 1903 a 1906, ele acabou com a febre amarela no Rio de Janeiro.

Quase ao mesmo tempo ele conseguiu controlar epidemias de peste bubônica, doença mortal, transmitida ao homem pela pulga do rato. Ratos não faltavam no Rio daquela época. O sanitarista organizou a eliminação de lixo das casas e a aplicação de raticida. O serviço de saúde pagava pelos animais capturados como forma de combater os bichos. De novo, Oswaldo Cruz teve sucesso em eliminar as epidemias de peste.

Bem, a essa altura, você pensaria que a população ficaria agradecida por se ver livre dessas doenças. Porém, nem todos pensavam assim. Muitos habitantes ficaram contra as brigadas dos serviços de saúde e engenharia que, ao sanear as regiões e depósitos de lixo, acabavam por expulsar os moradores dos barracos precários e de palafitas.

Nessa época, Oswaldo Cruz foi incumbido de acabar com a varíola que grassava na cidade.

– Varíola? – perguntou Renato. – Que doença é essa?

– Essa doença não existe mais no mundo. É um dos maiores sucessos de vacinação. É causada por um vírus muito contagioso e mortal, e quem escapa fica com o rosto, os braços e as mãos muito marcados por profundas cicatrizes. A vacina contra a varíola já existia desde o início do século XIX e, no início do XX, já estava sendo aplicada em quase todos os países da Europa. No Brasil, já havia vacinação contra a varíola desde 1834. Era recomendada, porém não obrigatória.

Em outubro de 1904, foi aprovada no Rio uma lei que tornava obrigatória a vacinação contra a varíola. Quem não tivesse o comprovante de vacinação não conseguia emprego, nem escola, não podia casar ou viajar e pagava multa.

A população, principalmente a pobre, se revoltava contra os agentes que entravam nas casas para vacinar. A vacina era aplicada no braço das pessoas. Porém, o povo já estava contra o governo por causa das medidas de saneamento dos mangues e da urbanização da cidade. Essas reformas urbanas, que incluíam o porto, foram planejadas e executadas na mesma época pelo engenheiro Pereira Passos. Foram feitos remoção de morros e alargamento de ruas, além de proibição de despejo de dejetos e lixo, criação de porcos e de outros animais nas vias. A reforma urbana expulsou para longe os moradores de cortiços e barracos.

Mas a chamada Revolta da Vacina, com distúrbios nas ruas, quebra-quebra, granadas e tudo o mais aconteceu entre os dias 14 e 20 de novembro de 1904.

O que aconteceu foi que políticos, mais um grupo de militares e alguns jornais se aproveitaram da situação para atiçar o povo contra a vacina. Queriam aproveitar a confusão e dar um golpe de Estado contra o então presidente Rodrigues Alves. Morreu gente na revolta nas ruas e, ao final, foram presos quase mil participantes, que acabaram deportados para o Acre.

A vacinação obrigatória foi suspensa. A população, principalmente a pobre, pagou caro por não querer se vacinar. Em 1908, houve no Rio de Janeiro outra epidemia de varíola que matou perto de 6.400 pessoas, fora as deformidades causadas nos sobreviventes.

Depois dessa época, a vacinação, rotineira e obrigatória de crianças e adultos, nunca mais foi contestada. Em 1980, a varíola foi decretada extinta no mundo inteiro.

Então podemos dizer que nessas histórias houve muitos negacionistas. Aqueles que negaram ser a febre amarela transmitida por mosquitos e aqueles que se negavam a ser vacinados contra a varíola, por achar que a vacina era uma imposição ou que não protegia ou por outros motivos. Os piores criminosos foram aqueles que se aproveitaram do movimento popular com finalidades políticas e acabaram por impedir a vacinação do povo com trágicos resultados.

– Nossa, Ana! Não precisava tanto. Você falou muito de Oswaldo Cruz. Parece que é fã dele.

– Sou mesmo fã dele. Foi um grande médico, cientista e médico sanitarista. Defendeu a ciência contra a ignorância. Criou um instituto de pesquisa, o atual Instituto Oswaldo Cruz, e salvou a vida de milhares de brasileiros.

Para saber mais

https://portal.fiocruz.br/trajetoria-do-medico-dedicado-ciencia

https://portal.fiocruz.br/noticia/revolta-da-vacina-2

http://www.multirio.rj.gov.br/index.php/leia/reportagens-artigos/artigos/11429-a-revolta-da-vacina

SCLIAR, Moacyr. *Sonhos tropicais*. São Paulo: Companhia das Letras, 1992. 212 p.

SCLIAR, Moacyr. *Oswaldo Cruz*: entre micróbios e barricadas. Rio de Janeiro: Relume-Dumará, 1996. 101 p.

A poluição dos plásticos: dá para controlar?

Lenita ia passar a semana de férias no sítio de sua tia Glória. Não era o melhor programa do mundo passar a semana longe de seus amigos. Os pais iriam viajar para participar de um congresso e, dessa vez, não daria para ela ir junto. Ainda bem que no sítio tinha internet. Mas ela sabia que não iria se chatear. A tia Glória era uma tia daquelas que a gente nem chama de tia. Quinze anos mais nova que sua mãe, para Lenita a tia era apenas Glória. Uma cientista apaixonada por ecologia que queria acabar com a poluição causada pelos plásticos.

O sítio fica em Santana do Parnaíba, bem próximo a São Paulo. Do alto do morro dá para ver o rio Tietê lá embaixo, mas mesmo assim, mesmo de longe, dá para ver a tristeza que é a poluição do rio. Principalmente perto da barragem, onde se acumula o lixo carregado pelo rio após passar pelas cidades da região metropolitana da Grande São Paulo. Além da poluição da água com esgoto e substâncias químicas despejadas de maneira criminosa, o que se vê boiando é um mar de garrafas, além de outros objetos de plástico.

É a visão do rio poluído que tira Glória do sério e ela desabafa:

– O esgoto dá para tratar, as fábricas que poluem a água, é possível controlar, mas a praga são os plásticos. São bilhões de garrafas, sacos de plástico, pratos e copos e tudo o que você pode pensar feito de plástico, que não se decompõem, ficam na terra e nos mares, por séculos mesmo quando você não vê. Viram pedacinhos e poeira de plástico. E o povo continua jogando os plásticos em qualquer lugar. Para piorar, a reciclagem não dá conta.

– Mas por que a reciclagem não dá conta? Lá em casa a gente separa direito o lixo e leva para o ponto do supermercado.

– Pois é, Lenita. Mas a maior parte das pessoas e lojas não faz isso e joga no lixo comum. E é muito, muito plástico em tudo. Outra razão é que o preço pago pelo quilo de garrafa PET vazia é R$ 0,80, por plásticos misturados é R$ 0,50, enquanto para as latinhas de alumínio é R$ 3,50. E é claro que o volume de um quilo de plástico é muito maior. Então para os catadores e os coletores, vale muito mais a pena juntar alumínio e papelão. Aliás, o Brasil é campeão de reciclagem de alumínio! Então o que precisa é as pessoas e indústrias e lojas se conscientizarem para usar menos plásticos e fazer o descarte adequado.

– É isso mesmo, tia. Devia ter campanhas pelo meio ambiente para isso. Eu já estou vendo algumas melhorias. Muitos restaurantes e lanchonetes já estão embalando em caixinhas de papelão, usando copos de papel, e lojas estão usando sacos de papel. Lá em casa a gente não compra frutas e verduras que vêm em plástico ou isopor. Minha mãe só compra soltas e, na padaria, ela recusa as bandejas de isopor.

– Minha querida, é isso mesmo que tem de ser feito. Separar e levar o material plástico para reciclar é muito importante. Mas as pessoas devem começar a recusar embalagem de plástico e pedir biodegradável, e escrever para os Serviços de Atendimento ao Consumidor (SACs) das empresas. Mas muita gente só é pró--ecologia da boca para fora. São os ambientalistas de sofá!

– Eu podia começar um movimento desses na minha escola. Se cada aluno trouxesse as garrafas PET, a gente poderia vender o material e ganhar um dinheiro para montar a festa junina. Já pensou se todas as escolas fizessem isso? E a gente poderia escrever as cartas também...

Lenita ficou entusiasmada com a ideia, mas também ficou pensando que mesmo melhorando a reciclagem seria muito difícil acabar totalmente com a utilização de plástico que, afinal, é um material muito prático.

A garota pediu para ir com a tia ver alguns projetos que estavam sendo feitos na universidade. No dia seguinte, Glória pediu a Marcos, um de seus estudantes, para dar um giro com Lenita e explicar o que era feito nos vários laboratórios do Departamento de Novos Materiais.

Lenita logo simpatizou com o rapaz. Era muito entusiasmado pelo que fazia e foi logo explicando:

– Para combater esse terrível inimigo que mata animais e polui a Terra, as águas e as plantações há várias maneiras. Uma, que é a melhor, é desenvolver materiais biodegradáveis para substituir o plástico. Outra é reciclar o PET por aquecimento, transformando em fio ou em placas para usar em roupas, objetos ou mesmo placas para construção. Também é possível quebrar quimicamente as moléculas de plástico até conseguir a molécula básica que se chama tereftalato e, a partir dela, produzir de novo o composto plástico.

Na universidade, há vários grupos de pesquisadores que trabalham para desenvolver novos materiais totalmente biodegradáveis ou para descobrir maneiras de quebrar mais eficientemente as moléculas de plástico.

Num dos laboratórios, Lenita viu alguns sacos de milho encostados à porta. Ela pensou: o que milho tem a ver com o plástico biodegradável? Em seguida, foi logo perguntando para uma moça que estava colocando o milho num aparelho que parecia um moedor. A jovem cientista explicou que os bioplásticos, verdadeiramente biodegradáveis, são os que se degradam totalmente na natureza sem deixar restos tóxicos. São feitos a partir de açúcares, como a sacarose da cana-de-açúcar ou a partir de proteínas (zeína) dos restos de milho após extração da farinha, por exemplo. Outra planta usada com muito sucesso na fabricação de bioplásticos é a mandioca. Os materiais obtidos dessas plantas são facilmente moldáveis em impressoras 3D ou em máquinas para produção de copos, pratos e folhas (chamadas de filmes ou mantas) de várias espessuras.

– Então até daria para comer o prato ou o copo, não é? O cara come o sanduíche e depois como sobremesa come o prato. Ótimo, não polui e nem precisa lavar! – exclamou Lenita, entusiasmada pela ideia.

– Acho que não faria mal à saúde engolir, mas seria duro e difícil de mastigar. O sabor não é bom, não é doce e nem tem gosto de milho ou mandioca. Já existem indústrias que estão fabricando esses bioplásticos e outras que os transformam em pratos e copos, além de embalagens de frutas e legumes.

Lenita ficou um pouco desapontada e disse que ainda poucos devem estar sendo usados, porque ela não viu ainda nenhum e quis saber o porquê. A razão é que já estão à venda, mas ainda custam mais caro que o plástico poluidor, e as firmas de alimentos e de embalagens têm de ser pressionadas para usá-los.

Lenita agradeceu à cientista e Marcos falou para a garota que ele queria agora mostrar algo muito, mas muito inovador: bactérias que podem produzir plásticos. E, para isso, os dois foram a outro laboratório muito diferente. Havia enormes garrafões de aço com tubos entrando e saindo. O rapaz explicou que dentro de cada garrafão cresciam bactérias que tinham como alimento um líquido especial, chamado meio de cultura, e ar esterilizado.

– Mas que bactérias são essas? – perguntou Lenita. – A maioria que eu conheço causa doenças mas há algumas boas que servem para fazer iogurte e queijos.

– Na verdade – explicou Marcos – existem muitas bactérias que não causam doenças e são úteis. Essas aqui são cianobactérias, também chamadas de algas azuis e foram isoladas de pântanos. Elas produzem a partir do CO_2, o gás carbônico do ar, um tipo de composto plástico totalmente biodegradável chamado PHL. Este último processo é recente e, quando for colocado em produção industrial, será uma revolução.

– Então essas bactérias conseguem fazer plástico assim, direto, só a partir do ar e do meio de cultura?

– É isso mesmo Lenita, e elas ainda ajudam retirando o CO_2 do ar, você sabe, aquele que causa o efeito estufa. Para provar a você como bactérias podem ser úteis, vou mostrar outras bactérias que são usadas para fazer o contrário. São bactérias que destroem plásticos.

No último laboratório da visita, Lenita ouviu do Dr. Carlos, cientista químico, que existem bactérias que produzem enzimas que quebram as moléculas de PET.

– Tudo bem, professor. Mas o que são enzimas? – perguntou Lenita.

A CIÊNCIA QUE NOS RODEIA

– Enzimas são moléculas que quebram outras moléculas ou compostos. No nosso corpo há milhares de enzimas. Vou dar um exemplo: são enzimas que transformam o alimento que comemos em moléculas pequenas que podem ser utilizadas pelas nossas células. Em geral, o nome das enzimas termina em *ase*. Na saliva, temos a amilase que quebra o amido das farinhas e o pâncreas produz várias proteases, que são enzimas que quebram proteínas.

– Então as bactérias também produzem enzimas?

– Sim – explicou o Dr. Carlos. – Qualquer célula animal ou vegetal, bactéria, fungo ou protozoário e mesmo os vírus produzem enzimas.

Lenita ficou intrigada: – Mas que bactérias são essas que quebram moléculas de PET?

– Há muitos tipos de bactérias e também de fungos que produzem enzimas capazes de digerir moléculas de PET. Existem no solo, no mar, em restos de vegetais, em insetos e vermes. Os pesquisadores escolhem as bactérias cujas enzimas são mais eficientes e fazem, como eu, mudanças nos genes das bactérias para melhorar a atividade dessas enzimas. O objetivo é obter uma enzima que possa transformar a maior parte do PET na molécula básica, o tereftalato, que é a matéria-prima básica da produção de plástico. A ideia é que devemos fazer todo o esforço para reciclar o PET a partir do que já existe no mundo, em vez de fazer mais e mais PET a partir dos derivados do petróleo.

Já estava perto da hora do almoço. Lenita estava meio atordoada com o monte de informação recebida. Glória perguntou:

– Então, como foi com o Marcos?

– Ele é um gato, Glória, deu tudo certo e eu aprendi um monte de coisas. Quero fazer um estágio aqui nas próximas férias. E, olha, eu gravei tudo no meu celular, para não esquecer e poder procurar na internet. Mas agora estou morta de fome. Quero um belo hambúrguer e batata frita. Mas só se a lanchonete não usar plásticos para servir. Quero caixinha de papelão, e o copo e o canudinho de plástico totalmente biodegradável!

Para saber mais

https://noticiasdeindaiatuba.com.br/regiao/entenda-como-o-lixo-chega-ate-o-rio-tiete-no-trecho-que-passa-por-salto/

A promessa dos bioplásticos

https://revistapesquisa.fapesp.br/wp-content/uploads/2020/04/073-076_bioplastico_290.pdf

Bioplástico a partir de zeína do milho

https://g1.globo.com/sp/sao-carlos-regiao/noticia/2021/02/26/estudo-da-usp-sao-carlos-permite-substituicao-de-plastico-por-material-ecologico-feito-do-milho.ghtml

Bioplásticos a partir de cianobactérias

https://agencia.fapesp.br/videos/#6DL0hXxkS-A

PET reciclado na construção civil

https://www.inovacivil.com.br/saiba-como-funcionam-as-casas-de-plastico/

https://www.youtube.com/watch?v=yDGQ_582V6c

Tecidos de pet

https://fashionunited.com.br/news/fashion/quao-sustentaveis-sao-os-tecidos-feitos-de-garrafa-pet-reciclada-1548254246/2019012187079

Várias maneiras de quebras as moléculas de plástico para reutilizar na produção, ver:

SAMAK, Nadia A. *et al.* Recent advances in biocatalysts engineering for polyethylene terephthalate plastic waste green recycling. *Environment International*, v. 145, 2020. Disponível em: https://doi.org/10.1016/j.envint.2020.106144. Acesso em: 13 ago. 2021.